《音癡》獻給走音的人生

音癡

段戎

作家 張嘉真
詩人 楊瀅靜
掛名推薦

詩人 王柄富
作家 林秀赫
專文推薦

目錄

輯四 電話亭 125

【推薦序】

那些放不下的聲音都應有所著落

◎詩人／王柄富

人是感官的載體，感官是記憶的鑰匙。我依然記得自己童年放學走過的，午後飄滿洗衣香末的巷子；再晚一點，就是傍晚鄰居煎魚的氣味，從鐵窗後溢到街道上。每每聞見類似的味道，過去的現實便揉雜著體驗又因時間褪色後的想像，重新示現回來，甚至比現實更加細節。我將再想起放學時阿嬤牽著我手的觸感，想起午後巷子兩邊簷下掛著花花綠綠，特大的衣褲；想起傍晚的飢餓，在門邊我聽著機車駛過的引擎聲，猜哪一個是爸爸，哪一個是媽媽？

感官是記憶的鑰匙，氛圍的門。文字如何能是法術召喚感官的來使，帶人回到無以名狀的當下，甚至比真實更加真實？這是詩人的責任了。讀段戎的《音癡》，召喚我的是青春期的事，是抓來一堆芭樂歌，灌到當時一無是處的手機裡就整天放在口袋裡用耳機聽的年紀。通勤時也聽歌，一手握著公車吊環，一手插進外套，一邊覺得自己酷，下車時逼悠遊卡都瀟灑。是特別自信，相信自己有能力去相信什麼、不相信什麼的年紀：相信愛情、不相信鬼；相信時間、不相信下輩子；更相信自己跟所有人都不一樣，再差也要是悲劇的主角吧。

後來的我總怪罪地想，就是那時候一首首在破手機裡無限循環的流行歌（當時我們相信他們非主流），讓我們活得這麼快活而痛苦、痛苦而快活。青春如此，我們聽過的那些歌，只有我們信。

青春如此。又注定後一個階段的我們花更多心力與從前劃清界線，不那樣我們怎能走下去，生活一日一日更是人群裡的，往人群裡走，少作荒涼的夢。這時我們擁有更多把握，知道發出的聲音是什麼樣子，我們卻不能為了特別而選擇去做一個漂亮的失敗者了。多少人躲進合唱團裡，聽自己從容的聲音多好、多得體。很少人繼續走下去，或者往回走，我只想告訴你我是多麼喜歡那些勇敢的人，像段戎。

她帶著世故後的細膩走回去了，沿路重播心事、編曲往日細節。讀著《音癡》，我相信，我們都是那麼念舊的人；即使回想起那些裸體的青春在老去的房間裡疼，我們肯定還是要羞紅著臉背對光明流血，可再也不否認那些走音的學徒就是自己。《音癡》裡每一首詩的旋律段戎都從一首歌出發，讓文字成為法術召喚難以痊癒的青春，那些足夠可憎與可愛的幼稚：

給心扣上三道鎖
設定安全密碼
生日、幼時地址和其他
自己吃藥、看畫展
背起一份行李
像擁有天下
〈發生〉

在傷感裡保持期待的窘態：

你特別寒冷，我的冬季
特別漫長。後來風吹到臉上
都不感到痛
我的心只消你一點蜜
就蓬鬆、溫柔

〈蟻〉

或僅僅是專心注視著遺憾：
尋不著牙刷
配對的色調
最熟悉的那根湯匙
被孤單折彎
房裡每處尖角都給你碰著，才想起
有個人
曾讓你溺水般環抱

〈有效期限〉

在這些詩裡我重溫青春的脆弱與不可原諒，驗算這愛與恨一體適用的代名詞。一些就像斷骨於體內，沒能吐出、可也放不下的聲音，終於在段戎布置的空間裡有所著落。

音癡是勇敢的偏執

只是青春以後的苦難，仍以青春的形式進行著。我已經忘記在哪本書裡讀到：「活過青春期的人都死過一次」。回頭在往事裡靜坐的段戎，得死幾次呢？她憂鬱的視線看著未來如同看著過去，在那些詩被寫盡以後的第五輯，她站起身子給我們更多直白而深刻的自剖。我多麼心疼且深愛著這樣的段落啊，請容我在這裡斷章取義：

結論是人類在命運面前是脆弱不堪的。我們太期待回報，太依賴命運給予我們完美的結局，然而我們總是做著相反的事：想要控制命運，想要預知結局，最後變成這些推算和猜疑的棋子。我們越想控制，越被其控制。

愛吧，談吧，即使前方有崖。就像去讀一首艱難的詩，只為記住一個句子。

〈五線譜#9〉

我多麼心疼且深愛著這樣的段戎啊，當荒謬的世界還在他們的音樂流派裡假正經，她告訴我們，要作勇敢的音癡。

如果有天發現之於整個世界，你永遠不在正確的調上，請別感覺難堪——那是你有自己的音準。

〈後記〉

我願意跟隨著她。

【推薦序】

夏天過去就是秋天了

◎作家／林秀赫

段戎的詩最初像在清唱一首歌，卻自然有旋律浮現。她的心思很細膩，表達卻很直接，許多押韻都是碰碰碰的節奏，似乎想以最短的距離穿心而過，用筆尖十分具體的剖開心情，直指你我的對立。全書反覆多次向「你」訴說，讓人不知不覺地隨著文字，思緒深入到流行歌曲一般高亢而紛雜的世界，不是要梳理什麼，反而是在挑釁，將大家習以為常的金曲歌詞或延續或突破，百感交集地遊走在創作與註解的灰色地帶，迸發出一種既陌生疏離又溫暖親密的奇異感受。她的字裡行間不只有感觸，更有一種難得的瀟灑，也許新時代的詩已不必曖昧鋪陳，而要試著果敢的說出心境與體會。

輯一　收音機

我是那臺壞掉的收音機
在電源切斷後
仍重複播送末日前的音訊

某天有人會找到我
他會明瞭，我曾經為什麼樣的文明運轉過

換

「你會不會突然地出現
在街角的咖啡店」
——陳奕迅〈好久不見〉

關於陳舊的歲月那些
流言那些
你褪去的髮際
我和遺憾問候、和溫厚的回憶
問候，煙硝味終究是淡了
我們站在風口
沉默若此時經過會不會害怕得逃走？
那些枯萎的花期，我們互相指認

必然成為某場美夢的兇手

你會不會突然出現，在我
一貫的一無所有面前
你會笑嗎。我知道的
那些不堪都比玩笑還輕了
我們喜歡的咖啡總算如你所言
竊走時間，年輕與貧困等等
複雜的積欠
積欠對你的某個吻、某條項鍊
某句爭吵時的我愛你

提著菸和心口的把柄
循你而來
此刻握手寒暄之類，也僅僅是

我最後的墜落前
關於死狀優雅的浪漫。
親愛的遺憾，我都看見了：從前你落淚
或是眼神生起灰塵之時
我看見你有更好的明天
值得我用一句好久不見
去換

你的

「忘了我曾是你的宇宙
不眠不休
無怨無尤」

——楊宗緯〈忘了我〉

撿你抽過的菸，把自己
蜷曲，成為一圈齒痕
給你雲霧
佔有只及腳尖

是不是越深愛
就越善於展延？

忘記自己的形狀，似乎
你的高矮肥瘦便是我的

不如就像
翻閱童話故事一樣翻過我吧
我不是你的美好結局
你什麼也不必記得

初衷

「如果你在前方回頭
而我不回頭
你要不要我」

——張懸〈艷火〉

你在嗎
夏天夜晚比影子深
一失神就溶進
世界那龐然的陷阱
日子自身上經過
留下的胎痕說是親吻

風不吹的那年
你還在嗎
我在碼頭打燈
景色是傷心的婦人
一口俗氣對白，後來
就連陽光也無意憐憫
心事出航
就再也沒靠岸

鏡子割碎的未來，你在嗎
那些不停止長高的
皺紋和自卑
如果我變成嬰孩
鎮著三顆安眠藥的哭泣
一側身你在嗎

床單上的污血和癱瘓

你愛嗎

終其一生的反覆詢問
如同你初來乍到的春天
太陽尚未生鏽
我多希望做你睫毛上的蝴蝶
你一睜眼
我就飛走
那裡的死亡有陰影也有花朵
好似你終於回頭

發生

"What is the feelin' takin' over?
Thinkin' no one could open my door
Surprise, It's time
To feel what's real"
– Kelly Clarkson〈Miss Independent〉

給心扣上三道鎖
設定安全密碼
生日、幼時地址和其他
自己吃藥、看畫展
背起一份行李
像擁有天下

從不思考泥土
雨水、和食物鏈
地震便躲，不去明白
誰又搖動誰的世界
照鏡子只管衣領
整齊，不想白髮蒼蒼、不想
許多年後的黃昏
無人一起抵達

悠哉的天空，不問雲雨
來過。不問自己心裡的影子
為何還徘徊著不走
是否因為那夜
被月光浸得靈魂溼透
看見一個乾燥的眼神
所有冰冷的牆便一起倒下

經過

「因為成長
我們逼不得已要習慣
因為成長
我們忽而間說散就散」
——JC〈說散就散〉

曾經我是你提著零錢跑到雜貨店買的糖果，後來
我是你多層收納的鉛筆盒
再來我成為
你屏著氣輕吮的第一口菸
菸味把你熏老了
老了，你終於什麼也不需要了

夜晚風口對坐

「你的電話　我還是接了
你約見面　我還是去了
你傳的晚安　我照常回了
這樣夠嗎　夠嗎」
——徐佳瑩〈你敢不敢〉

肩上指印消退，像是
質問也一併走失
重新建立心痛的秩序
活在舊日時必須
看似完好

對答什麼也記不清楚

曉得你點菸三次、大笑兩遍
風熄滅眼睛一回
那些無從接續的話題
成為胸口的殘火

指頭的刀痕是
料理日子留下的，裡頭
有我們當季一樣的新鮮
沒有拘謹對坐，沒有
連問候傷口
都一再琢磨

偶爾衝動，想問你
是否一起走到街口
走回結帳只消一張卡的午後

那時日頭正好
我們尚未
將彼此困進迷宮

空白

「原來牽著手　走的路
只有我一個人相信天荒地老」
——張宇〈一個人的天荒地老〉

我可以為你開花
為你入海，打撈夕陽
若你需要，也可以為你
拿起那把刀

我們對坐沙發
時間是戰場
我看著你斑白的笑

嗅到了陌生的煙硝

終究有岔路
經過了無數遍的門旁
從未察覺你已
自己尋得捷徑

這是最後的習題
你不必害怕勾選
在這一刻，我還可以為你
把自己擦去

如常

"Our song on the radio but it dont sound the same"
– Bruno Mars〈When I was your man〉

我總在雜訊裡
聽清你的呼吸
像失去後才
練習失去的醜態

來不及了——夕陽、落葉
都有各自的季節
你買好車票
我為床鋪上冬天

若能重頭
也是在夢中
你的髮絲如常地亮
我如常地
看向你以外的遠方

此地無星

"But don't you dare that our best memories bring you sorrow?"
–Adam Levine 〈Lost Stars〉

秋天第一次見你哭，它在枕邊
留下煙硝般的騙局
你的偏見都是盲點
吻都壓抑

經常想起自己不太哭泣
那時你尚未瓦解
唇印也還沒乾
溺愛過他送的花，即使凋謝

也日日澆水

後來你和所有跌倒的人一樣
自己服藥，想像
日子是時間的造景
只要呼吸就能順利老去

於是你擁有
失準的徒勞和
偉大的戒備
風到之處皆是你
與自己疼痛的重逢

「我也曾試著點亮某個人的夜空」
自首以後，一個人哭過

在許多沒有如期而至的末日
一個人葬成化石

蟻

「我以為我的溫柔
能給你整個宇宙
我以為我能全力填滿你感情的缺口」
——品冠〈我以為〉

我是寄居你身體
一隻小小的蟻
你特別寒冷，我的冬季
特別漫長。後來風吹到臉上
都不感到痛
我的心只消你一點蜜
就蓬鬆、溫柔

你不需要是最好看的花
瓣不需漂亮
春天有太多花園，每陣香
經過你。經過你藏起來的傷心
如果我足夠高大
是否就能採摘你，不讓你
等待一場施捨？

而你施捨我一場等待，偶爾
你會擁抱我
親吻我的觸角
偶爾的偶爾，我可以假裝沒看見
你眼裡熄滅一座宇宙
只是大多時候
我明白你滿身缺口，沒有一處
是我踩破

「人太脆弱
會不停錯過」

——李佳薇〈大火〉

痕

夜晚床緣冷，我點燈
和從前點起你
眼中的光一樣熟練

已經冰如地窖許久
你看著我
曾讓我著火

雲和窗子失聯
無人修理煙囪
我囤積氧氣，試圖
引燃某個接點

房裡都是傷口
你走後
仍一遍遍化膿

恆常

「多想要繼續對你好
不介意蜻蜓點水般的打擾
只怕我對你的好
才是打擾」

——楊丞琳〈點水〉

依然能飛行嗎
浸水的風箏鬆脫的線，我環繞你
你的眼神卻瘦了一圈。
梳理感情凌亂的髮線
妝點髮飾
篤信愛情是恆常保鮮——依靠恆常改變

恆常改變，我的頭頂是你畫的天
你的眼界四四方方
我住在裡面。
穿上你的品味、走你走的街
掩蓋瘀青像掩蓋流言
作你缺角的拼圖，獨自一人
填你說的永遠

陽光撲滿灰塵
寄居你的夢想如此擁擠
依然願意蜷曲
說愛和對不起，許久不說自己
不問你的謎
也不揭你心意

自掘一場墜落
習慣翅上你的重量，卸載後
失重地飛行
軌跡恆常，迫降亦恆常
我沒有成為更好的宇宙
你也拒絕再作中心
如飄浮之於引力那樣的寓意：
愛情是恆常改變如星系遠離

這樣的故事會繼續

「把一個人的溫暖　轉移到另一個的胸膛
讓上次犯的錯反省出夢想」
——陳奕迅〈愛情轉移〉

他讓我遺失車票
另一個人替我收好
於是又追又跑，靈魂脫皮
毛屑多令人疼愛
那班車還在前進
盡頭柱著名為後悔的站牌
我等待車門夾住裙擺
便有勇氣離開

那場天亮是
某雙深夜的眼睛陪我看的
接著轉身迎接黃昏
被急促的車潮傷過
一天又過去，終沒有人拉下衣帶
我煮好自己的晚餐

只好堅信，糖衣和天秤
都落入同一個循環
上次的蜇傷可以是今日的原諒
看過水母，明白毒
只朝心的軟處扎
明白雨後不一定有彩虹，但一定有
永不相信晴天的人
開著車，一路抵達崖上

輯二　黑膠

現在要黑膠
得到非常專門的店去找。
它們又大、又脆弱
一不留神還會尺寸不合

某天我們都會變成黑膠
在非常專門的墓裡，成為非常專門的屍體。

「其實你知道
煩惱會解決煩惱」
——陳奕迅〈你給我聽好〉

還好

穿普通的衣服
上下車站，刷卡
借過時折腰。看一本書
幻想扉頁的毛邊
能收納生活的折痕
幻想今天
會在路上遇見許久未見的某人
命能被改寫，能在雜誌上

變成一把刀

什麼也別說，他們在今天
畢業，你知道照片是一種戲
身分置換是錯覺
我們都仍是我們。還好的我們
被詢問近況時說還好的我們
被評級時被勾選為還好的我們
想愛、想為自己勇敢時
被問還好嗎？的我們
這樣的我們
站在這裡被戲劇性的風吹過
落不成一張照片

是何時開始

做普通的事的？面試題庫裡
不曾有這題，彷彿世界
皆以逃避的默契運行
那些畫圈打叉的人
其實比我們更為普通，只是他們
在西裝裡好看、更適合
成為更新的模子
皮鞋奔踏，像追不上老化的日曆
一起宿醉的同事
隔日見面，變成另一種毒

「你還好嗎？」
那天他還記得問你
你應該尿一地、竄改劇情
被熱情地辭退

爬在馬路邊緣
像飛

「我曾在黑暗頂端
以為光的距離很短」
——林宥嘉〈別讓我走遠〉

與惡

樹影變換，夜晚
比平時更寒涼
我走在街上，揣度人們言語
揣度彈孔
和心碎的關聯
某天你看人的眼睛出了陰影
世界只剩雜音

我們被留下、被棄養
新聞的讚歌終究
沒有青睞倒下的人
我們是深不見底的海裡
腐蝕的一群，結晶都是斑點
像極流星
也像極文明

槍響過後，我們與惡
緊緊相依。笑時也像哭
幸福只是
活過一天不藉酒精
只是在最富饒的地帶
成為無人在意的灰塵
戴上口罩，扮演純良的大眾

販賣關於道德的主意

世界可以
簡單、正義，只要我們
在向下沉淪以前先指認他人
在災難以前先處決禍根
只要我們，信仰善的流雲
不計較惡的真意
在幻覺的邊界，一邊包裝
一邊恐懼自己地
活下去

＊謹以此詩獻給或許真的改變了什麼的電視劇《我們與惡的距離》

如果有神

「我不想在未來的日子裡
獨自哭著無法往前」
——老王樂隊〈我還年輕我還年輕〉

下課鈴響，我們跑到
還很夢幻的河堤邊
眼神清澈，掌紋尚未長深
交換信物，說好明日
會像流入大海的溪

放學的世界充滿廢氣
車輛擁擠，你看著魚蝦的死亡

發現我們竟也是
偌大漁場中的獵物
吃著別人餵食的道理
虔誠而安靜
不問去程與來歷
堅信他們不會虧待年輕的人、堅信自己
仍拿著望遠鏡

能看見的都太小了
我們住進鍊子
腳步縮水，害怕著雨天
經常抬頭問神
不斷看著岸上的人就能上岸嗎？
河堤堆滿老舊的陽光

和我們那日所見不一樣
多了被鯨吞的妄想
那是世界，在吐出最後一口菸後
不加遮掩的臉
是我們活了許久
才明白的時間

若是如此，第一次見你時
我就該誠實
該跑進海裡，談論終點是如何
冰冷而潮濕
裝不了體內過熱的神

「敢親吻
下一陣風起和雲湧」
——田馥甄〈看淡〉

煙火

你飛上天際成為煙花
燦爛、精彩
短暫。
爆破的瞬間有些東西窒息了
世界全然真空
人群有的鼓掌
有的惆悵

我止不住哭
不是因為煙的濃度

不會再亮

"Are you ready for the last act?
To take a step you can't take back"
– Keira Knightley〈A step you can't take back〉

世界老像它接住痛苦一樣
接住我下墜的手腕
他們唱著歌，對希望盛讚
我在房裡偷偷開成一株會食人的花

月台總有鬼魅的樣子
我明白虔誠，是被召喚的前提
於是雙手捧著年輕的心臟

無視污垢、毒素和
眾人可惜的眼神

是這樣一場果決、勝過小島夏天的奔跑
火車來了，乘客互相倚靠
其中從未有我的支點
所以我歪著臉，在燃燒邊緣
躺成某則夜間循環的新聞

光被逐一熄滅
許多人成為自己的空城
我在深夜甦醒，在斑斕而
不需埋葬的軀體旁
完成最後的勾當

「不要以為西裝革履就是戰袍
不要以為浴帽圍裙就是渺小」
——阿密特〈母系社會〉

污血

我剪斷你的臍帶
接生你的錯
你痛了一地血
手勢像在求饒

我們在社會兩頭
虧待一些結局
他們手牽著手

越過腥臭，在上頭歡愛

總有一些是硬的。
我替你蓋家、為你整裝
你在親吻後回頭
再回頭，弄斷頸骨
像某種寓言

後來都沒有了情節
我們回房，繼續一個天亮
我繼續為你流血
如同第一次，我驚慌
你嫌髒

前後

「於是長大了以後
你發現課本裡面教的學的都只能當參考用」
——謝和弦〈於是長大了以後〉

夢請了長長的病假
你總在睡眠
前的空檔哭一點點
想起舊時的矮房、雲還很亮
大人說的幾字台語
意思要人好好闖蕩

所以你走，卻走進泥巴

別人設的陷阱
總有乖巧的臉容
你學會犯錯、和犯錯後
編一整頁藉口
繞向彎道
那裡有嘴甜的花朵、有你
從未歪斜的錯覺

現在是以前的以後
你不知道自己
距離終點究竟是
推前還退後？
都沒做夢了，因為太過放縱
現在的你不讀課本
它們刺眼，正如童年

這條路上，有一連串
太痛的發現
你感覺人生已經瘀紫，只能
在無人窺看時搓揉
不能再前了。鞋裡
積水如陰天
前方都是雷電
就停在這裡吧。即便
時間最善將人留在後頭
後頭還有花、還能說謊
還能很偶爾地
想起某條直通的長廊

「你我都是神
今天想讓誰活？」
——Vast & Hazy〈無差別傷害〉

活體

墳場裡互相獵捕
一些難堪的謊
中毒後的傷，我們抬頭
看向以為有光的地方
那裡便充滿暗影

盲目的自由
血口大話，沒見過的髒

都在最美的人背上
世界是一座尖塔
我們互相取奪
紅色的軀體用以攀爬

不需繼續解釋
所有無辜情狀，拍板的眼睛
都盯著你
盯著你奔跑、拆解
演一齣真心的劇
壓著你頭顱側緣，在馬路邊
穿起他們的罪

原來活著，便是在
鏡頭前拚命推擠

是從別人眼裡
看見自己的屍體
在冰冷的夜裡無從發臭，也就無人
願意動身
承認自己的兇行

「讓我記得世界寒冷
但你溫熱如河」
——張韶涵〈如河〉

易遙

空氣是皺的，像
使盡全力擰不乾的毛巾
記憶皆是細菌
暗處逢生，可惜世界太亮
容不下我迂迴的小巷

胎記無法按壓
瘀紫可以，然仙人掌總是

摸傷自己
仰望天邊的花
明天擅自闖入
領走關於愛的生字

河水像他們
撞上泥岸不感虧欠
浪花有血，我向下吶喊
堤防卻靜默如石
只有陽光從西邊
許我一個陪伴的影子

後來那些
敲碎與擊落的循環
都像無解的帳

你一筆、我一筆
對簿出死亡的遠方
過不去的大河，它
在黎明以前流向海
淹沒所有遲來的回答

*謹以此詩獻給電影《悲傷逆流成河》。這世界上每一個易遙，我希望妳們都已抵達許諾的遠方。

死

「你呀你　終於出現了
我們只是打了個照面
這顆心就稀巴爛
整個世界就整個崩潰」
——莫西子詩〈要死就一定要死在你手裡〉

遺書寫好了
準備在不被愛的那日
悄悄出版

你的眼裡有
我那處腐爛的原因

總是被你壓過
像屍體
你好香
香得我窒息

我愛你
便是最長的墓誌銘

輯三　指揮家

原來我一直不在拍子上。
樂隊依然默契地演奏
原來他們從來沒有在看我。

快到曲子的高潮了
觀眾會發現嗎？
會發現他們是唯一在看我的人嗎？

你我他

「誰知道我們該去向何處
誰明白生命已變為何物」
——汪峰〈存在〉

對於生存的必須
收起皮毛、目光堅定而
靈魂游移
似海邊一位
提燈的人，留意陰影
將在某天
轉成身體內部齒輪
生鏽的起點

我們自覺幸運
在呼喊高尚的街頭
佯裝貧窮，並沒有一點
撒謊的闊綽
然世界有縫，人群擠身
展示身上的斑
點狀的污穢尚
可以被隱藏

這裡太亮，且讓他
久居夜處、抽菸
忘記房貸和健康
夢中迷路，在灰塵和
垃圾之間更顯尋常
他明白自己

過去太髒而未來
同狀，於是遠離火燭

太晚才醒悟，你和
我和他，都是自己的墳場
一身關於遺忘的本領
在縫隙和縫隙間
尋找安穩的分秒
直至鏡子蒙灰
黃昏提前，無從
認得自己的臉

「哭啊　喊啊
叫你媽媽帶你去買玩具吧
快快拿到學校炫耀吧」
——草東沒有派對〈大風吹〉

流行

我是新的
舊的人，有不同的披風
一樣不會飛翔
過重的氣流都像謊話

你是舊的
新的我，隨別人眼光

無盡複製貼上
你也有自己的話嗎？

昨天的路坍塌
門前堆滿舊瓦
新的強風裡
我們不斷搬家

「能不能答應我
再見時候就別再認出我」
——張惠妹〈身後〉

散

山高，雲很矮
你在我周圍
牆深，空氣過重
你閉眼睛
我以為火會來
聲音會散

像是千年一遇的

凹陷，在你手掌側緣
禱告的人太難聽見
他們說神蹟
說你變回嬰兒
只是太重
不知如何輕巧地爬

你會走過隧道
比今生還長
替我先看了黑暗
生命的破洞
比生活還多
我在原地、踮起心臟
假裝已經遺忘

煙散了
你的身體散了
我想要撿
卻發現這世上
從未有某種黏著
像我們初來
相見時一樣雋永

「咫尺遠近卻無法靠近的那個人
也等著和你相遇」
——郭頂〈水星記〉

星移

浩瀚宇宙裡你是一種
必要的沉溺

引力過於濃稠
你呼出的霧氣遠遠地
潤濕我的眼睛

有效期限

「太愛一個人
才不捨得　追問為什麼」
——吳亦帆〈昨天的天堂〉

昨天是
長長的夢的終點
在今天轉黑
你起身、揉揉雙眼
失明的一天由此開始

尋不著牙刷
配對的色調

最熟悉的那根湯匙
被孤單折彎
房裡每處尖角都給你碰著，才想起
有個人
曾讓你溺水般環抱

今天是入夢以前
最深的黑
而昨夜在那鍋吃不完的粥裡
所有廚餘
都曾經溫暖心

只是過期，期限裡面是
濕熱黏膩的問句
問得人閃躲

生病，以為看見天堂
卻不知浮木
有天，也會因潮水而老去

羅南

"Come on baby with me, we're gonna fly away from here
Out of this curtained room and this hospital grey, we'll just disappear
Come on baby with me, we're gonna fly away from here
You were my best four years"

– Taylor Swift〈Ronan〉

只能以極其日常的小事，敘述
翻譯，你海一樣的眼睛
波浪般的睡眠
你是我最好的四年，像四季
走完又是新的起點

我無法如此灑脫，仍然會

站在你房門前想像
你可能正好好睡著，也可能
正在童話裡學習長大
童話裡沒有醫院窄窄的床
沒有病灶、沒有一個
無法長大的惡夢

你是我最好的四年。就四年
你已把我心裡的迴廊踏過一遍
其實希望你踩得重一些
踩得我破皮、流血
有些疼痛
我便能替你揹

你來過了。像最喜歡的恐龍

住過地球了。我仍然試圖與你說話
詢問你如何飛翔，是否
見過月球的坑洞了？
你抵達我未曾見過的遠方，而我
留在那日清晨等待
一個回不來的願望

「我們在傘下如此執著凝望
愛與割捨來回碰撞
想牽手走不同的方向
是綑綁」
——張宇〈傘下〉

覺悟

要地殼
承認有斷層是一件很痛的事
洋流不斷把魚群帶往不同的海域
我們要學習倖存的人
懂得分別、懂得重建
懂得天是多麼地高
愛又是多麼地小

後來我們談起關係

「全心全意愛過
那個叫作愛情的東西」
——魏如萱〈還是要相信愛情啊混蛋們〉

在你身體裡起了廢墟
造出不虔誠的
神，話裡都是謎
我沒有足夠好的天真可以餵你
你吻我時沒有閉上眼睛
——愛情充滿端倪

潛意識自己造夢，夢中

你的殼只是濃度過純的酒精
我並不愛酒，我愛喝酒這件事
我愛爛醉與遺忘
我愛把自己丟在街上如此無辜
你無須前來拯救，畢竟永遠
不是為你而醉

我們擁抱只是混亂，是落下的
星星。那樣四處災害
我們的甜蜜其實鋒利
割破我不會流血的眼睛
從此瞳孔裡住不起一個背影
從此我的生老病死
都經不起你證明

何必自取其辱，那天
你準備逃亡而我幸福看你
你穿著我的眼神老是不合時宜
指控的大火差點淹了屋子
之於愛情，我有全心全意——
然愛情只是我的一條狗
你是狗鍊

險境

「動物不都這樣
一旦欲求不滿
先愛吧
之後感傷
之後再算」
——張惠妹〈相愛後動物感傷〉

說完早安
天就黑了
試圖把你吻進長夜
別在雙腿之間
像扯破喉嚨

高喊出的一段沉默
打響身後的懸崖
連墜落
都渺無消息

愛是詛咒，不愛是
苟活
我寧願做你眼皮底下的牲口
也不願在無你的土地
擁有戶籍

一生

「你知道當你需要個夏天我會拚了命努力」
——蘇打綠〈無與倫比的美麗〉

你的頭到你的尾
我追了一遍，隔著襯衫
搔癢心口的蝴蝶
後來我們沒能成為第一對風箏，只能
踩著草原的皺紋
拚命地、拚命地老去

「那些美夢
沒給你　我一生有愧」
——李榮浩〈年少有為〉

窒息

你說天亮在彼端
而我們在這裡。耕作、結巴
對蟲害低頭。生命是一襲
華美的袍爬滿了蚤子＊
我們穿戴，無法整齊
話語反覆梳理

從天黑就開始
佈局，關於命格裡

那些揚或不揚的氣候
背對背做夢
按時起床，依著
節儉的默契相愛

我曾看過你飛，也看過你
在月前
許傷人的願望
「願我們富足地平凡」
後來世界轉涼
我們在小屋裡窒息
這些空氣，終究
只足一個人居

＊引用自張愛玲〈天才夢〉

「他說妳任何為人稱道的美麗
不及他第一次遇見妳」
——馬頔〈南山南〉

荒唐

你走的時候正值冬季。

那是一個想像所不能及的冰冷夜晚，四下安靜。我看著你成為一處到不了的遠方，竟然也流不出眼淚。你說過的話模糊如夢境，而這場夢是如此地長，長過我的一生。

你走的時候，我的島開始下雪了。我沒有向任何人提及，因為這個位置是你的，任憑哪場浩大的相遇都抵不過我初次見你時，你笑裡的美景。

任憑誰再臨摹那樣的場面終究是效顰。

是我的錯吧，你走後我尋不著家了。我長長的一生苟延殘喘，人煙只在有你的往事裡。死亡，那是什麼呢？是沒有了未來，還是在過去裡流連往返，直到所有快樂都磨損焦黑？你的死亡又意味什麼呢？是我的死亡，還是我再也唱不完一首歌的餘生？

後來所有季節都是你。所有矛盾和遺忘，所有不諳世事的瘋言醉語都無可避免地指向這個，我從不願玷污的你。對不起，我的悲傷弄髒了你輕盈的靈魂，就像愛始終牽連著恨意。

我恨你遷移，離開我的島，離開我的夢，而忘記帶上我。我也恨我此生的荒唐全因你而起。然而我毫無遺憾，因為你臨走之際，我有牽住你的手說我愛你。

你走的時候，晴朗的南方飄雪了。雪越過了好幾座山，到我們定居的北方。這場雪或許是你。放心吧，我讓花朵都綻放了。

歡迎回家。

輯四　電話亭

和未來通訊的你呀
見過那場毀滅的大雨了嗎？

你低吟的聲音好好聽
讓我想要
踩遍洪水，回過去找你

「我們是孤獨的總和
所以相聚了」
——吳汶芳〈孤獨的總和〉

海

向晚列車沒有帶走星群
我們散落在各自耳裡，聽
每個乘客都對著
窗外夕陽發誓
這次不要下錯車、不要坐過站
要在剛好的時間點起身
走往月台，圓一場等待

晴詩

「牽著你走過
大雨盛開水花的路口
也是我一樣喜歡的夢」
——理想混蛋〈不是因為天氣晴朗才愛你〉

你在雨天找到我
宿舍門房，我看你猶豫
於是讓你知道你是晴天
我們待在一起
會長出彩虹

你坐在書桌，檯燈

把你照得好看
我們做著自己的事
都是假裝——我說
太陽出來，要不要一起走走？

你的步伐較快，然你
總是會等我
十指交扣還有點彆扭
側臉微紅，我在其中看見
世界剛成形
萬物炙熱的美麗

後來好長的時間
在熱氣裡跑過、滂沱時共傘
在陰晴不定的異國

看過同一種天空
你是那些實現、或不實現的
美夢中
我唯一燃燒的理由

年輕時

「花　請原諒我吧
在無意中　我讓你那麼受傷」
——Hello Nico〈花〉

我在泥濘裡翻滾
在你的愛裡恨
你眼中盡是我的根
傷口都有我的齒痕

我是這樣愛你。像颱風
捲走一個城鎮，帶往天空
綿長的話都變成大雨

下在心裡，再多的愛也擦不去

我如此愛你，街道行人
來去土地也無法與之比擬那樣
廣闊的愛你。可以放棄呼吸
直到明白我的愛太大而
你的側臉太小
接不住那些迎面的深吻

後來我撤回那些
洶湧的淚水和
沉默的乾旱。讓你找回自己的天氣
晴朗和微雨，我只願成為你心口邊緣
那一小片烏雲

決定

我在知道自己
不知道你之後
便像什麼也沒知道過了

「我知道美麗會老去
生命之外還有生命
我知道風裡有詩句
不知道你」
——陳粒〈奇妙能力歌〉

日常

沙子融化，季節冷卻只為
完成一個意象
海上那哭的人再也沒有回家
多年以來總有誰在打撈
顆粒狀的承諾
失蹤的綿羊假裝成狼
等待不計酬勞

「有人說一次告別
天上就會有顆星又熄滅」
——林志炫〈離人〉

磨破的掌心像日曆
反覆撕扯某個灰薄的影子
你在這裡，還是不在
火都得升。只是看火的人心裡
炊起不同的煙

在前夜分別，同時間
背起一個空曠的世界
往後的太陽像句號
我在往返的信箋裡
被你的別名曬傷

節點

「為什麼　我會被你吸引
當時光　被你喊停」
——魏如萱&馬頔〈星期三或禮拜三〉

以你為節點
半週滿綴、半週空閒
喪氣的欣喜的失準的瘋狂的，話
你經過時說
說完身影交錯

你像月亮，恰巧我
目睹你逐漸面向星球

那一刻花開了、胸口漲潮
我潛入你的陰影成為伏流

許多時候真空，你漏掉的呼吸
由我補齊
我們極其優雅的宿命在宇宙裡膨脹⋯⋯
你負責圓滿
我負責錯落的等待

輪迴前夕

「我喜歡你用手摸我的臉讓我的眼睛在你手裡輕輕眨呀眨
睫毛刷過你身體上面」
——陳嫺靜〈輕輕〉

可以將我放在你懷裡嗎？
順向的羽毛逆向的疤
我是太深的黑夜
踉蹌飛行時恰好
碰見你的海浪

你的手指能像仙女棒嗎？
燒蝕我初生的迷惘
在如南方溫暖的火苗裡

看見你眼裡
飄雪的北方

我可以
死在你的屋簷下嗎？
那裡有一窩我
放不下的夢想
有我在窗後窺看你
蓊鬱的睫毛好若墳場

那麼，你會想念我嗎？
被天空丟棄之後，渾身補釘
見你手裡提著潮濕的希望，便想
躺成你頭頂那盞
輕輕晃動的星光

「我會一直想妳　忘記了呼吸
孤獨到底　讓我昏迷」
——林宥嘉〈殘酷月光〉

動靜

妳在月光之上
上頭有海
海紋間我獨自窒息
行走的雲，熄火引擎
妳是我留意的唯一動靜

不在意發射幾次訊號
頻率跌宕的盡頭

是妳閃躲的眼睛
想起多少番相擁昏迷
都不介意重力

愛與拋棄、恨與忘記
妳是我歷史裡不見盡頭的銀河
宿命一場流浪
妳是我不斷找尋的
那片屋瓦

刪節

「忘掉名字吧
我給你一個家」
——馬頔〈傲寒〉

星辰是你的

小鹿撞進母親懷中是你的
昨夜翻覆的夢是你的
這顆易燃易冷的心
也是你的，都是你的
你是世界的一枚戒指
我一不留神就被套住
被擦亮、被生鏽
被潤得此生再沒有曾經

「我把我的青春給你
不是因為想換取和你的婚禮」
——好樂團〈我把我的青春給你〉

白

我們鮮少察覺霧氣過濃，雨中
大笑、奔跑
撞上時擁抱，此後生命
不及一個水窪

襯衫別著彼此的笑
裙間紮了一圈，似乎
要將什麼套牢

右手仍在口袋
心跳謹慎地加速

彩虹緩緩探頭，像是明白
大地換裝之快
像是我們明白塵埃，仍要
在穿上新鞋時純白

夢

「假裝過剛強　換來滿身的傷
也感受過絕望　卻享用一道光」
——棉花糖〈向晚的迷途指南〉

人魚擱淺，伸直腿
海靜靜地指著後悔的遠方
她越過堤防
變成一株花

這個時刻

"Crash through the surface, where they can't hurt us
We're far from the shallow now"
– Lady Gaga, Bradley Cooper〈Shallow〉

你看天空的眼神
如此潮濕，我們癱坐岸上
等待預言中的時刻

那些走的人
都長出鰭

要放棄氧氣、摯愛的四季

要忘記土
和別人的溫度

後來
世界同我們一起跳下去

再沒有一處可以觸礁
所有愛都變成鱗片
遠遠地
遠遠地
我們摸到海洋的心

【後記】

那些走調的人心裡都有自己的音準

Do

（Do—do，去做）

開始以歌詞寫詩是約莫四年前，對於自己的音樂天賦不能再更明白：勉強可以在不走音邊緣苟活，卻永遠抓不到該起哪一個調、該進哪一個拍、和聲更是天方夜譚。然而我總是感覺儘管如此，我並不是不懂那些歌，只是理解的角度和別人不同。他們從旋律裡找共鳴，我在歌詞底下歡愉和啜泣。之於我而言，歌詞是詩，旋律是唸詩的人。唸詩的人選擇高亢還低吟，都不及詩本身動人來得重要。由此開始，我發展出自己的音準——把歌詞背誦得滾瓜爛熟、同理得山窮水盡，哪天無意間遇見一個只會哼唱的人，還在心裡默默嘲笑他的走音。

Re

（Re—remix，他們的和我的，加在一起會變成新的）

以歌詞創作第一次得到盛大迴響是二〇一六年，在instagram發表了以宋冬野名曲〈董小姐〉為背景寫的短文。那時只感覺自己在進行某種翻譯的工作，把押韻、跳接的歌詞轉印在更通俗的文體上，期望讓他人稍稍注意到旋律之下的珍寶。我還記得自己斟酌著直接引用歌詞詞句的比例，如何才不會沒了自己的靈魂，或沒了詞創者的精神。張貼之後粉絲人數大幅成長，也不知道究竟是文、還是宋冬野吸引來的。只是在那之後開啟了某條神秘的通道，只要聽到中意的詞就想寫，哪怕整首歌裡就一句，也覺得該用整首詩，還它一個總被誤唱的公道。

Mi

（Mi—mistake，靠近的企圖都是錯誤）

後來參與過高中班級的畢業歌製作。說是參與，其實就是苦思幾日交出一副詞，在後來的譜曲、錄音工作裡假裝自己還有價值。當時僅僅是受不了市面上的畢業歌總用差不多的調調說差不多的意思，詞面永遠不離青春夢想告別淚水，以及我們有緣再相見。覺著一首對畢業生可說是有里程碑重要性的歌真的不該只有如此，旋律好聽，裡面卻沒有故事。

這是我第一次感覺到自己與世界真的有段謎樣距離的時刻。在後來的競選討論裡，有點心寒地發現幾乎沒有人在討論歌詞。「歌詞本來就是一首歌的其次呀」，朋友像春天過完是夏天一樣理所當然、絲毫不覺傷害了誰的語氣對我說。

好吧，活該生作一個音癡。

Fa

（Fa—fable，我把那些歪斜的骨頭擺正，把歌裡的謊編造完成）

歌詞學是最近的事了（「最近」是指有足夠意識地在寫作的時日）。開始創作歌詞學系列之後，我感覺自己和許多歌曲有了極其親密的距離。當選秀節目裡嚴苛的評審計較著尾音轉音的處理，我窩在沒人看得到的舞台，對每句歌詞進行直達靈魂的盤問。

「所以，你之所以出現在這裡，是為了延續前一段隱密的悲傷嗎？」我用自己的邏輯挖掘出一套自己相信的秘密，再把這些秘密寫進自己的系統裡。給予心跳和血脈，也適時地揉合自己的基因。歌詞學是這樣誕生的，不是學問、不是學科，是我在盛開的歌詞裡掌握一些攀莖折葉的把戲，把一些沒說完的語言偷渡成自己的學習。

我越來越明白之於一首歌，我應該站在怎樣的位置。

So

（So—so？我寫的所有詩都在製造一個過度曝露的難題）

生作一個音癡，那又如何呢？不會為一組旋律感動，就好像生命散落某個缺片嗎？某個感官失能，另一個感官便會張開，即便撐得破裂流血。我是這樣回應這個如五線譜般規矩的世界：走出線外，做一種沒有人聽過的音頻，便可以逃離他們嚴厲的耳朵。

La

（La——lantern，我只好提燈，把眼前的路照得亮一些。在穿插意外的生命裡，寫作是我最穩定的光源）

《音癡》裡面盡是我身為一個失敗者的逃難。喜歡過許多無疾而終的人，在成為大人的路上嗑嗑碰碰，有時自憐得引人發恨。原本以為長大了，明白更多了以後，能因解決小時的困惑而讓人生光明起來，沒想到什麼也沒真正透徹，對於生命的徒勞倒明白了好幾分。

也許是這樣，我們才需要音樂吧。

也許某個神愧疚於賦予我的音樂資質，才許我需要文學吧。

在寫《音癡》的過程並不舒服，總有那種自己經過書桌，把自己腳趾踢到桌腳的困窘。有些故事說得太白就像雙氧水，把新傷舊痕全部翻起來冒泡一遍。那些前男友、前前暗戀對象、分手的摯友、離開的人，全都回來熱鬧，倔強地大喊：「這首歌是屬於我的」。當然還有錯過的事、來不及說的話、從未紓解的誤會……每寫一首，都有一種近似送走末班車的覺悟：有些東西從此就要真的走了，也有些東西再也走不了了。

然而就像強光，刺進眼睛總是不舒服的。只是我們都需要它，殺死一些在黑暗裡滋生的不堪，潮濕角落裡歪斜長出的懷疑。每書寫一個傷口就像第一次性，疼痛、迂迴得不行，直到打開筋脈，舒展四肢，才明白過去人生裡始終有一個未開發的暗口。只有打開它，光才能進來。

Si

（Si—sin，在落地成粉的瞬間，我原諒自己的罪）

後來唱著那些歌的時候都無法再心思單純了。總會想起一些什麼，大多關於自己曾如何可笑地多情、或可怕地無情。我曾在親戚的告別式上沒掉一滴淚，為了某個男生的一句話哭了好幾天。生命每分每秒都是檢驗，並非學校考試那種，而是在連環的事件中，對你的反應斟酌作記，用以定義你是個怎樣的人。

據說地獄的神明是這樣決定人死後的歸處的。倘若如此，我寫的詩能算是贖罪嗎？對傷害過的人承認、對愛過的人告別、對搬家時忘了帶走的玩具道歉。身為音癡，我總無法在情到濃時唱好一首歌以作終點，那些曲折的轉音總讓我彆扭、也老是拿捏不好投入感情的力度。所以我選擇最安靜的方法，縱然和詩人鯨向海寫過一樣，當別人問我在做什麼，說寫詩總讓我害羞。

害羞終於到頭了，我終於在畸形了自己一輪之後又拿起麥克風。《音癡》的完成讓我靠近了那些愛音樂的人一點。靠近了自己的罪、靠近那身為人，無知又柔軟的核心。

請接納我，我這樣的一個音癡。

Do

（Do—don't，請別）

如果有天發現之於整個世界，你永遠不在正確的調上，請別感覺難堪——那是你有自己的音準。

國家圖書館出版品預行編目（CIP）資料

音癡 / 段戎著 . -- 初版 . --
新北市 : 斑馬線 , 2019.12
面 ;　公分

ISBN 978-986-97862-7-0（平裝）

863.51　　108018789

音癡

作　　者：段　戎
總　　編：施榮華
封面設計：吳箴言

發 行 人：張仰賢
社　　長：許　赫
出 版 者：斑馬線文庫有限公司
法律顧問：林仟雯律師

斑馬線文庫
通訊地址：235 新北市中和區景平路 101 號 2 樓
連絡電話：0922542983

製版印刷：龍虎電腦排版股份有限公司
出版日期：2019 年 12 月
ISBN：978-986-97862-7-0
定　　價：380 元